—... voz baja—. ... Creo que saben que estamos en la casa.

Jack miró por encima del marco de la ventana. Sus ojos se toparon con la mirada oscura del ninja más alto.

—¡Eh... ustedes! —gritó uno de ellos. Y se dirigió rápidamente hacia el árbol. El otro ninja corrió detrás de él.

—¡Oh, no! —exclamó Annie.

—¡Tenemos que irnos de aquí! —dijo Jack—. ¿Dónde está el libro de Pensilvania?

Desesperados, los niños buscaron a su alrededor.

Pero, ¿dónde estaba? Sin el libro, jamás podrían regresar a su casa. Allí estaba el dibujo del bosque de Frog Creek.

La casa del árbol #5

La noche
de los ninjas

Mary Pope Osborne
Ilustrado por Sal Murdocca
Traducido por Marcela Brovelli

LECTORUM
PUBLICATIONS INC

Para Penn Sultan

LA NOCHE DE LOS NINJAS

Spanish translation copyright © 2004 by Lectorum Publications, Inc.
Originally published in English under the title
MAGIC TREE HOUSE #5: Night of the Ninjas
Text copyright © 1995 by Mary Pope Osborne.
Illustrations copyright © 1995 by Sal Murdocca.

Published by arrangement with Random House Children's Books,
a division of Random House, Inc., 1745 Broadway, New York, NY 10019.

MAGIC TREE HOUSE ®
Is a registered trademark of Mary Pope Osborne, used under license.

978-1-930332-66-9

Printed in the U.S.A.

Library of Congress Cataloging-in-Publication Data

Osborne, Mary Pope.
    [Night of the Ninjas. Spanish]
    La noche de los ninjas / Mary Pope Osborne ; ilustrado por
Sal Murdocca ; traducido por Marcela Brovelli.
        p. cm. — (La casa del ábol ; #5)
    Summary: The magic tree house takes Jack and Annie back in time to
feudal Japan where the siblings learn about the ways of the Ninja.
    ISBN 1-930332-66-1   (pbk.)
    [1. Time travel — Fiction. 2. Magic — Fiction. 3. Ninja — Fiction.
4. Japan — History — Fiction. 5. Spanish language materials.] I. Murdocca,
Sal, ill. II. Brovelli, Marcela. III. Title.
PZ73.07495 2004-03-05
[Fic] — dc22   2004001719

Índice

Prólogo

Un día de verano, en el bosque de Frog Creek, Pensilvania, de pronto, apareció una casa de madera en la copa de un árbol.

Jack, un niño de ocho años, y su hermana, de siete, al pasar por allí, treparon al árbol para ver la casa de cerca.

Al entrar, se encontraron con un montón de libros desparramados por todos lados.

Muy pronto, Annie y Jack descubrieron que la casa del árbol tenía poderes mágicos, capaces de llevarlos a los sitios ilustrados en los libros con sólo apoyar el dedo sobre el dibujo y pedir el deseo de ir a ese lugar.

Annie y Jack viajaron a la época de los dinosaurios, a la Vieja Inglaterra, al Antiguo Egipto y, también, visitaron un barco pirata.

Durante sus viajes, Annie y Jack descubren que la casa del árbol pertenece a Morgana le Fay, una bibliotecaria con poderes mágicos que, desde la época del Rey Arturo, viaja a través del tiempo y del espacio en busca de libros para su colección.

Annie y Jack están a punto comenzar una nueva aventura en... *La noche de los ninjas*.

1
De nuevo
en el bosque

—Vayamos a ver otra vez, Jack.

Annie y su hermano iban camino hacia su casa, de regreso de la biblioteca. Para llegar al hogar, inevitablemente, tenían que pasar por el bosque de Frog Creek.

—Pero ya fuimos a ver esta mañana —dijo Jack resoplando—. Y ayer. Y también anteayer.

—Está bien, entonces iré sola —contestó Annie. Y se internó en el bosque.

—¡Espera! Ya casi es de noche —gritó Jack—. Tenemos que regresar a casa.

Pero Annie se esfumó entre los árboles sin escuchar a su hermano.

Jack se quedó parado en el lugar, mirando el bosque. Había empezado a perder las esperanzas. Tal vez, nunca más volvería a ver a Morgana le Fay.

Las semanas pasaban una tras otra y aún no había rastro de la casa del árbol y mucho menos de Morgana.

—¡Jack! —El grito de Annie quebró el silencio—. ¡Está otra vez aquí!

"Seguro que trata de engañarme, como de costumbre", pensó Jack. Sin embargo, el corazón le empezó a latir desesperadamente.

—¡Ven, Jack! ¡Apúrate!

—Espero que no sea otra de sus bromas —dijo él. Y se internó en el bosque para buscar a Annie.

La noche caía rápidamente. Los grillos chirriaban enloquecidos. Las sombras del bosque entorpecían la visión.

—¡Annie! —gritó Jack.

—¡Estoy aquí!

—¿Dónde? —preguntó Jack.

La voz de Annie se oía desde lo alto.

De pronto, Jack miró hacia arriba.

—¡Cielo! —exclamó, casi sin aliento.

Annie estaba asomada a la ventana de la pequeña casa en la copa de un árbol: el roble más alto del bosque. Desde allí, le hacía señas a su hermano para que se acercara.

Del suelo de la casa, en la parte exterior, colgaba una escalera hecha de soga y madera.

La casa del árbol estaba nuevamente en el bosque.

—¡Vamos, Jack! ¡Sube! —dijo Annie con voz enérgica.

Jack corrió hacia la escalera, se trepó de un salto y comenzó a subir los escalones.

Cuando estuvo cerca de la casa, miró por encima de los árboles la luz, que aún iluminaba las ramas más altas del bosque.

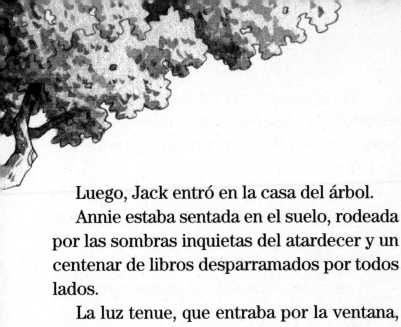

Luego, Jack entró en la casa del árbol.

Annie estaba sentada en el suelo, rodeada por las sombras inquietas del atardecer y un centenar de libros desparramados por todos lados.

La luz tenue, que entraba por la ventana, reflejaba la letra "M" sobre el suelo de madera. Era la inicial de Morgana le Fay. Sin embargo, no había señales de ella.

—Me pregunto dónde estará Morgana —dijo Jack.

—Tal vez fue a la biblioteca para buscar más libros —agregó Annie.

—Pero nosotros estuvimos allí, ten- dríamos que haberla visto. Además, a esta hora la biblioteca está cerrada —dijo Jack.

Cric.

De repente, un pequeño ratón, escondido detrás de una pila de libros, corrió hacia la letra "M", que brillaba en el suelo.

—¡Uy! —exclamó Annie.

El ratón se sentó sobre la letra y miró fija- mente a los niños.

—¡Oh, es tan bonito! —agregó Annie.

Jack debió admitir que su hermana tenía razón. El ratón era muy bonito; de color marrón con manchas blancas y con unos grandes ojos oscuros.

Muy despacio, Annie estiró la mano y comenzó a acariciarle la cabeza. El ratón se quedó completamente quieto.

—¡Hola, Miki! —dijo Annie—. Puedo lla- marte así, ¿verdad?

—¡Lo que faltaba! —exclamó Jack.

—¿Tú sabes dónde está Morgana? —le preguntó Annie al ratón.

Cric.

—¡Estás completamente loca, Annie! El hecho de que el ratón esté en la casa no quiere decir que él también tenga poderes mágicos. Es un simple ratón que se metió por algún agujero. Eso es todo.

Jack volvió a mirar a su alrededor. En el suelo, había un trozo de papel.

—¿Qué es eso? —preguntó.

—¿Qué cosa? —preguntó Annie.

Jack se agachó para levantar el papel y, cuando lo agarró, notó que tenía algo escrito.

—¡Caray! —susurró.

—¿Qué dice, Jack?

—Es una nota. Debe de ser de Morgana. ¡Creo que está en peligro!

2
El libro abierto

Jack le mostró a Annie el trozo de papel. Decía lo siguiente:

Ayúdenme - Hechizada - Buscar
cuatro co...

—¡Oh, no! —exclamó Annie—. Tenemos que ayudarla. Pero, ¿qué habrá querido decir con *cuatro co...*?

—Tal vez trató de escribir la palabra *cosas* —agregó Jack—. ¿No ves que el trazo está interrumpido? Creo que quería escribir algo más.

—Quizá la magia hizo efecto justo cuando Morgana estaba escribiendo.

—Exacto —agregó Jack—. Me pregunto si habrá dejado alguna otra pista —dijo, observando todo a su alrededor.

—¡Mira, Jack! —dijo Annie, señalando un libro que estaba en un rincón—. Es el único libro que está abierto.

Jack volvió a mirar a su alrededor. De repente, sintió un escalofrío en la espalda. Su hermana tenía razón.

Sin perder tiempo, agarró el libro y lo acercó a la ventana. La luz tenue del atardecer tiñó las páginas de un suave tono dorado.

Jack contempló detenidamente el dibujo del libro: un paisaje lleno de árboles con flores blancas, al costado de una montaña, cerca de un extenso arroyo de aguas turbulentas.

También se veían dos personas vestidas con ropa oscura. Ambas tenían el rostro cubierto con un velo del mismo color. Y de sus espaldas, colgaban unas largas espadas.

—¡Caray! —susurró Jack.

—¿Quiénes son, Jack?

—Creo que son ninjas.

—¿Ninjas? ¿De veras? —preguntó Annie.

—Morgana debe de haber dejado abierto el libro en esta página por alguna razón —comentó Jack.

—Tal vez Morgana se encontraba allí cuando el hechizo hizo efecto —dijo Annie.

—O, tal vez, allí están las cuatro cosas que tenemos que encontrar —agregó Jack.

—¡Vamos a buscarlas! —insistió Annie.

—¿Ahora? —preguntó Jack.

—¡Sí, Morgana está en peligro! ¡Nos necesita *ahora*!

—Pero, primero debemos leer el libro. Tenemos que estar preparados —comentó Jack.

—¡Olvídalo! ¡Cada minuto cuenta! —dijo Annie, y le quitó el libro de la mano a su hermano.

—¡Dámelo, Annie! ¡No podemos ir sin saber nada de ese lugar!

—Lo averiguaremos cuando lleguemos

allá —dijo Annie, con el libro debajo del brazo para que Jack no pudiera agarrarlo.

—¡Ni siquiera sabemos dónde queda! —respondió Jack.

Pero Annie hizo oídos sordos a las palabras de su hermano. Apoyó el dedo índice sobre el dibujo y dijo: "Queremos ir a este lugar".

Las hojas del roble empezaron a sacudirse.

Cric.

—No tengas miedo, Miki —le dijo Annie al ratón, acomodándolo en el bolsillo delantero de su sudadera.

El viento comenzó a soplar. Más y más fuerte cada vez.

La casa del árbol comenzó a girar sobre sí misma. Cada vez con más y más velocidad.

Jack cerró los ojos.

Después, todo quedó en silencio. Un silencio absoluto.

Lo único que se oía era el ruido de la corriente del arroyo.

3

¡Eh, ustedes!

Jack abrió los ojos.

Annie estaba asomada a la ventana. El ratón había salido de su escondite, en el bolsillo de Annie.

Al verlos, Jack se acercó a la ventana. El aire era fresco y liviano.

La pequeña casa de madera se encontraba en la copa de un árbol con flores blancas. Y el inmenso árbol, en un extremo del bosque, al costado de una montaña. Muy cerca de allí, había un arroyo muy extenso y turbulento, que descendía vertiginosamente de la pendiente de la montaña.

Cerca del arroyo, parados sobre unas rocas, dos ninjas observaban el valle ubicado debajo de ellos.

Uno era alto. El otro, un poco más bajo. Estaban vestidos con camisa y pantalón negros. Los dos llevaban la cabeza envuelta con un velo del mismo color. Y tenían una espada sujeta a la espalda.

Todo coincidía con el dibujo del libro a la perfección.

De pronto, Jack se agachó debajo de la ventana.

—Ten cuidado, Annie. No dejes que te vean —susurró.

—¿Por qué no? —insistió ella en voz baja.

—Podrían pensar que somos enemigos —dijo Jack.

Al escuchar a su hermano, Annie se agachó junto a él.

Jack se acomodó los lentes. Era hora de leer el libro de los ninjas.

En la primera página decía lo siguiente:

Se sabe muy poco acerca de estos guerreros que vestían de negro, conocidos
con el nombre de ninjas.

Los historiadores creen que vivieron en
Japón entre los siglos XIV y XVII. Los
ninjas no eran únicamente de sexo
masculino, las mujeres también forma-
ban parte de este grupo guerrero. En
ocasiones, los ninjas luchaban para
proteger a sus familias. Y, también,
eran contratados por los jefes militares
para trabajar como espías.

—¡Guau! —murmuró Jack—. Estamos en
Japón, a cientos de años de nuestra época.

Luego, abrió la mochila y sacó el lápiz y el
cuaderno. Jack adoraba tomar nota de todo
lo que le llamaba la atención:

Los ninjas eran guerreros de Japón.

—Jack —dijo Annie en voz baja—. Están

mirando para acá. Creo que saben que estamos en la casa.

Jack miró por encima del marco de la ventana. Sus ojos se encontraron con la mirada oscura del ninja más alto.

—¡Eh... ustedes! —gritó uno de ellos. Y se dirigió rápidamente hacia el árbol. El otro ninja corrió detrás de él.

—¡Oh, no! —exclamó Annie.

—¡Tenemos que irnos de aquí! —dijo Jack—. ¿Dónde está el libro de Pensilvania?

Desesperados, los niños buscaron a su alrededor.

Pero, ¿dónde estaba? Sin el libro, jamás podrían regresar a su casa. Allí estaba el dibujo del bosque de Frog Creek.

—No está por ningún lado —dijo Annie exaltada.

—¡Tenemos que hacer algo! ¡Rápido! —gritó Jack—. ¡Subamos la escalera!

De inmediato, ambos levantaron la escalera y la escondieron dentro de la casa.

Pero el ninja más alto se trepó al tronco del árbol y empezó a subir. El ninja más bajo subía detrás de él. ¡Ambos se movían con la destreza de un gato!

Annie y Jack se acurrucaron en un rincón.

Sin hacer un solo ruido, los dos ninjas entraron en la casa del árbol.

4
Atrapados

Los dos guerreros enmascarados se quitaron las bandas de acero de las manos. Cada banda tenía varias clavijas muy pequeñas, puntiagudas y filosas, como las garras de un animal.

—Así es cómo se las ingeniaron para trepar por el árbol —murmuró Annie.

Los ojos negros y penetrantes de los ninjas, apenas descubiertos por el velo negro, se clavaron en los ojos de los niños.

Jack quedó paralizado ante la fría mirada de los misteriosos hombres de negro.

Sin embargo, Annie no se sintió intimidada. Se puso de pie y se acercó a ellos.

—Hola —les dijo.

Al igual que Jack, los ninjas se quedaron estáticos en el lugar. Ni siquiera contestaron el saludo de Annie.

—Estamos tratando de ayudar a Morgana, nuestra amiga —agregó Annie mientras sostenía la nota que ella y Jack habían encontrado en la casa del árbol.

El ninja más alto tomó la nota, la observó y se la dio a su compañero.

Los dos se miraron a los ojos y luego volvieron a mirar a los niños.

Después, el ninja más bajo movió la cabeza y se guardó la nota en el bolsillo de la camisa.

—¿Pueden ayudarnos? —preguntó Annie.

Ninguno de los dos contestó. Jack estaba deseoso de verles el rostro. Ni siquiera podía imaginarse qué pensaban de él y de su hermana.

El ninja más bajo agarró la escalera y

la lanzó hacia abajo. Luego, su compañero señaló la escalera y después señaló a los niños.

"Oh, oh", pensó Jack. ¿Acaso se habían convertido en prisioneros de los ninjas?

—¿Nosotros? ¿Quieren que vayamos con ustedes? —preguntó Annie.

Uno de los ninjas respondió que sí con la cabeza.

—¡Qué divertido! —exclamó Annie.

"¿Divertido? ¿Qué le sucede? ¿Se ha vuelto loca?", se preguntó Jack.

El ninja más bajo comenzó a bajar por la escalera, sosteniéndose sólo con las manos, sin usar los escalones de madera.

El más alto hizo exactamente lo mismo.

Jack se quedó mirando con la boca abierta. Los ninjas se desplazaban más ágiles y veloces que una araña en su tela.

—¡Guau! —exclamó Annie.

—Esta es nuestra oportunidad para escapar —dijo Jack—. ¡Tenemos que apurarnos!

Luego, volvió a echar un vistazo al interior de la casa. ¿Dónde estaría el libro de Pensilvania?

—Vamos con ellos, Jack.

—¡No! ¡Esto no es un juego, Annie!

—¡Tengo el presentimiento de que saben algo acerca de Morgana! —insistió Annie. Y se dirigió hacia la escalera.

—¡No te muevas de aquí, Annie!

Pero ya era demasiado tarde.

"¿Por qué siempre tiene que pasar lo mismo?", se preguntó Jack, resignado.

—¡Ven, Jack! —La voz de Annie se oyó desde abajo.

Jack guardó el cuaderno y el libro de los ninjas en la mochila. Se acomodó los lentes y bajó por la escalera.

Los ninjas y su hermana lo esperaban junto al árbol.

El sol ya se había escondido detrás de las colinas. Sus tonos rojos y dorados pintaban el cielo, como una acuarela.

El ratón asomó la cabeza fuera del bolsillo de Annie.

—No tengas miedo, Miki, cuidaremos de ti —dijo ella.

"Fantástico. Pero, ¿quién cuidará de nosotros?", se preguntó Jack.

El ninja más bajo tenía agarrados a los niños del brazo. Así, los condujo a través del camino, bajo la luz débil del atardecer. Su compañero los seguía unos pasos más atrás.

—¿Dónde nos llevan? —preguntó Jack.

De repente, los ninjas se detuvieron junto al extenso arroyo; el agua rugía con fuerza cuesta abajo.

El ninja más bajo miró a los niños. Luego los soltó y los condujo hacia el arroyo.

—¿Quieres que crucemos el arroyo? —preguntó Annie en voz alta.

El ninja asintió con la cabeza. Y, junto a su compañero, se internaron en la corriente rápida del arroyo.

—¡Corramos hacia la casa del árbol! —dijo Jack.

—No. ¡Tenemos que seguirlos! —agregó Annie—. ¡Debemos hacerlo por Morgana!

Jack respiró hondo. Su hermana tenía razón.

De inmediato, Annie tomó a Jack de la mano y metieron los pies en el agua.

—¡Uyyyy! —exclamaron los dos a la vez, dando saltos desesperados.

El agua estaba tan helada que parecía quemarles la piel. Jack jamás había sentido tanto frío.

—No puedo seguir —dijo Annie temblando como una hoja.

—Yo tampoco —agregó Jack—. Tengo congelados hasta los huesos.

Los ninjas miraron a los niños y regresaron a la orilla del arroyo.

El ninja más alto alzó a Jack sobre los hombros.

—¡Socorro! —gritó él.

Pero el ninja caminó hacia el agua igno-
rando por completo el grito desesperado de
Jack.

Su compañero hizo lo mismo con Annie

y se unió a él. El agua serpenteaba a su alrededor, hasta llegarles a la cintura.

Los ninjas avanzaban por el arroyo con la calma y el equilibrio de un velero mecido por la brisa.

5

Antorchas en la niebla

Los ninjas llegaron a una parte menos profunda del arroyo. Luego, pisaron tierra firme y bajaron a los niños al suelo.

—Gracias —dijo Annie.

—Gracias —agregó Jack.

—¡*Cric!* —exclamó el ratón.

Los guerreros enmascarados permanecieron en silencio mientras observaban con cuidado el lugar.

Jack miró a su alrededor. Una enorme luna llena comenzó a elevarse en el cielo.

Rocas de color oscuro, como pequeños lunares, adornaban la montaña cercana al arroyo.

Sin decir una sola palabra, los ninjas comenzaron a subir por la ladera, caminando entre las rocas.

Annie y Jack subían detrás de ellos. Jack ya les había perdido el miedo. En realidad, ya había comenzado a simpatizar con ellos. Tal vez, con la ayuda de aquellos extraños hombres podrían encontrar a Morgana.

Los ninjas se desplazaban en completo silencio. Pero Annie y Jack no dejaban de hacer ruido con las zapatillas mojadas mientras caminaban entre las rocas.

De repente, los ninjas se quedaron estáticos en el lugar. Jack contempló los ojos de los guerreros, que miraban hacia todos lados con desesperación.

Las voces provenían del valle debajo de ellos. En ese instante, Jack divisó un grupo de antorchas que resplandecían a través de la niebla.

Los ninjas apresuraron el paso. Annie y su hermano los seguían unos pasos más atrás.

—¿Quiénes son los que llevan las antorchas? —preguntó Annie.

Jack no podía hablar, se había quedado sin aire y, también, sin respuesta.

Luego, los niños y los ninjas llegaron a un pequeño bosque de pinos. Los pájaros nocturnos cantaban en sus nidos. El viento sacudía las ramas de los árboles.

Las siluetas escurridizas de los guerreros ninjas se desplazaban como fantasmas en la oscuridad del bosque, apareciendo y desapareciendo entre las sombras, bajo la luz de la luna.

Annie y Jack se esforzaban para seguir adelante.

Hasta que, finalmente, los ninjas se detuvieron.

De pronto, uno de ellos extendió el brazo,

como si tratara de decir: "Esperen". Luego, ambos desaparecieron entre las sombras de los árboles.

—¿Dónde fueron, Jack? —preguntó Annie.

—No lo sé —respondió él—. Tal vez la respuesta esté en el libro.

Jack sacó el libro de los ninjas de la mochila y comenzó a hojearlo hasta que encontró el dibujo de una cueva.

La luz de la luna llena iluminaba el texto del libro:

En ocasiones, los ninjas mantenían reuniones en montañas alejadas con el objetivo de planear misiones secretas.

—¡Vaya! —exclamó Jack—. Seguro que se metieron en alguna cueva secreta.

Jack sacó el lápiz y el cuaderno de la mochila, y escribió lo siguiente:

Reuniones en cuevas secretas

Después, dio vuelta a la página y observó con cuidado el dibujo de un ninja sentado sobre una pequeña alfombra. Debajo del dibujo decía:

Los guerreros ninjas solían cumplir órdenes de un Maestro ninja, un misterioso ser con profundos conocimientos acerca de los secretos de la naturaleza.

—¡Guau! —susurró Jack.

En ese instante, los dos ninjas regresaron. Rápidamente, Jack guardó los libros dentro de la mochila.

El ninja más bajo les hizo una señal a los niños para que lo siguieran. Más adelante, escondida entre las sombras de la noche, se encontraba la entrada de una cueva.

—¿Qué hay ahí adentro? —preguntó Annie en voz baja.

—El Maestro ninja —susurró Jack.

6
Un guerrero
en la sombra

Annie y Jack entraron en la cueva y caminaron detrás de los ninjas en la oscuridad.

Docenas y docenas de velas iluminaban la parte posterior de la cueva. Sombras inquietas danzaban en los muros de piedra.

A la luz ondulante, Jack divisó una oscura silueta sentada sobre una alfombra tejida: *era el Maestro ninja.*

Uno de los ninjas hizo una reverencia ante el Maestro y se colocó a un costado.

El misterioso hombre sentado sobre la

alfombra contempló detenidamente a los niños.

—Siéntense —dijo.

Annie y Jack se sentaron en el suelo, frío y áspero.

Cric. Se oyó de pronto.

El ratón asomó la cabeza desde el bolsillo.

—No te asustes, Miki —dijo ella.

El Maestro observó al ratón por un instante. Luego, miró a Jack y le preguntó:

—¿Quién eres tú?

—Soy Jack y ella es Annie, mi hermana.

—¿De dónde vienen? —preguntó el Maestro.

—Vivimos en Frog Creek, Pensilvania —respondió Annie.

—¿Y por qué están aquí?

—Tenemos que ayudar a Morgana le Fay, nuestra amiga —agregó Jack—. Ella nos dejó un mensaje escrito.

—Sí, se lo dimos a él —dijo Annie, señalando al ninja más bajo.

—A *ella*, querrás decir —agregó el Maestro—. Y después *ella* me dio el mensaje a mí.

—¿*Ella*? —preguntaron Annie y Jack a dúo.

Los ojos de la mujer ninja chispearon al instante. La mirada encendida de aquella mujer hizo pensar a Jack en una sonrisa escondida detrás del velo.

El Maestro ninja alzó la nota en su mano.

—Tal vez yo pueda brindarles ayuda

—dijo—. Pero, antes, tienen que demostrar que son merecedores de ella.

En ese momento, regresó el ninja más alto y le hizo una señal al Maestro.

Él se puso de pie y le entregó la nota a Annie.

—Ahora tenemos que marcharnos, los samuráis están cerca —dijo.

—¿Samuráis? —preguntó Jack exaltado. De hecho, él sabía que estos personajes eran unos de los guerreros más feroces de Japón.

—¿Eran los que estaban en el valle con las antorchas? —preguntó Jack.

—Así es. Nuestra familia está en guerra con ellos —respondió el Maestro—. Tenemos que irnos antes de que nos encuentren.

—Pero... ¿y Morgana? ¿No vamos a ayudarla? —insistió Annie.

El Maestro ninja se acomodó la espada que llevaba en la espalda.

—Ahora no tengo tiempo —respondió—. Debo partir.

—¿Podemos ir con ustedes? —preguntó Annie.

—No. Es muy peligroso. Ustedes deben encontrar el camino de regreso a su hogar.

—¿Nosotros solos? —preguntó Jack.

—Sí. Deben partir ahora mismo. Y procuren cuidarse de los samuráis.

—¿Por qué? —preguntó Jack.

—Si ellos los ven, van a pensar que son uno de nosotros. Los atacarán sin piedad y sin hacer preguntas —agregó el Maestro ninja.

—¡Uy! ¡No! —exclamó Annie.

—Ustedes ya saben cómo actúa un guerrero ninja. Traten de seguir sus pasos ustedes mismos —sugirió el Maestro ninja.

—Pe-pero... ¿cómo? —preguntó Jack.

—Siempre recuerden tres cosas —agregó el Maestro.

—¿Qué cosas? —preguntó Jack.

—Hagan uso de la naturaleza. Transfórmense en naturaleza. Y, por último, síganla a todas partes.

—¡Yo puedo hacer eso! —dijo Annie, de pronto.

Jack miró a su hermana: —No puedes hacerlo —dijo.

El Maestro ninja miró a Jack y dijo:

—La casa del árbol está hacia el este. Diríjanse hacia allá —agregó.

"¿Cómo?", se preguntó Jack. "¿Cómo sabremos dónde queda el este?"

Pero, antes de que pudiera hacer la pregunta, el Maestro hizo una reverencia y desapareció entre las sombras.

Los dos ninjas condujeron a Annie y a Jack fuera de la cueva, hacia la luz de la luna llena.

El ninja más alto señaló el bosque de pinos. Después, ellos también desaparecieron en la oscuridad.

Annie y Jack se quedaron completamente solos.

7

Hacia el este

Annie y Jack se quedaron parados como dos estatuas por un rato largo.

—Bueno, creo que el ninja más alto señaló hacia donde queda el este. Tenemos que ir en esa dirección —dijo Annie, después de reunir fuerzas para hablar.

—Espera —dijo Jack—. Necesito escribir algo.

Tomó el cuaderno y, bajo la luz de la luna, escribió:

1. Hacer uso de la naturaleza

2. Transformarse en naturaleza

3. Seguirla a todas partes

—¡Mírame, Jack! —murmuró Annie—. ¿No parezco un ninja?

Jack miró a su hermana. Annie se había cubierto la cabeza con la capucha de la sudadera, ajustándola fuertemente con los dos lazos.

En realidad, Annie se veía como un ninja, sólo que más pequeño.

—Buena idea —agregó Jack en voz baja. Y se cubrió la cabeza con la capucha también.

—Bien, vámonos —sugirió Annie.

Jack guardó el cuaderno y ambos partieron por el bosque hacia el este.

Así, se fueron desplazando entre los árboles, primero uno, después otro y otros más.

Todos los árboles se veían idénticos entre sí. Jack estaba confundido. ¿Acaso se habían perdido?

—Espera —dijo.

Annie se detuvo. Ambos contemplaron el bosque a su alrededor.

—¿Crees que todavía seguimos en la dirección correcta? —preguntó Jack.

—Creo que sí —contestó Annie.

—Esa no es una respuesta —agregó Jack—. Tenemos que estar seguros.

—Pero, ¿cómo podemos hacer para averiguarlo? —preguntó Annie—. No tenemos una brújula.

En ese instante, las palabras del Maestro ninja resonaron en la mente de Jack.

—El Maestro nos dijo que utilizáramos la naturaleza —agregó Jack.

—Sí. Pero, primero quiero saber cómo se hace eso —preguntó Annie.

—Espera, creo que me acuerdo de algo —dijo Jack con los ojos cerrados, tratando de hacer memoria.

De pronto, recordó algo que había leído en un libro de campamentos. Pero, ¿qué era exactamente?

Jack abrió los ojos y, con entusiasmo, dijo:

—¡Lo tengo! En primer lugar, necesitamos una vara.

Annie levantó una rama del suelo: —Aquí tienes —dijo.

—Bien. Ahora, necesitamos un lugar bien iluminado por la luna —agregó Jack.

—Allá, mira —dijo Annie.

Los niños caminaron hasta un extremo del bosque, alumbrado por la luz de la luna.

—Mete la rama en el suelo —dijo Jack.

Annie obedeció a su hermano.

La sombra de la rama parece mucho más grande que la rama —agregó Jack—. ¿Tú qué opinas?

—Tienes razón —contestó Annie.

—Muy bien. Esto quiere decir que la sombra de la rama señala hacia el este —agregó Jack.

—Un razonamiento impecable —dijo Annie.

—Entonces, ¡el este queda hacia allá!

—exclamó Jack señalando hacia la nueva dirección—. Espero no haberme equivocado.

—Ya somos dos ninjas verdaderos, Jack.

—Sí. Tal vez tengas razón. ¡Andando!

Y, partieron rumbo al este, con la esperanza de no haberse equivocado.

Muy pronto, Annie y Jack llegaron al final del bosque de pinos y se deslizaron cuesta abajo por el camino rocoso al costado de la montaña, lentamente, de roca en roca. Luego, encontraron una enorme roca y se echaron a descansar sobre ella.

—Vamos a comprobar si seguimos en la dirección correcta —dijo Jack.

Annie volvió a meter otra rama en el suelo.

—Eso es —agregó Jack mientras señalaba la sombra de la rama—. Tenemos que seguir caminando hacia allá.

De pronto, Annie miró por encima de la roca, hacia el valle, debajo de la montaña.

—¡Uyyy! —exclamó.

Jack también echó un vistazo. Su corazón casi deja de latir en el acto.

A lo lejos, se veían decenas de pequeñas bolas de fuego subiendo por la montaña. ¡Eran los samuráis!

Annie y Jack se agacharon detrás de la roca.

— ¡*Cric!* —exclamó el ratón.

—Tranquilo, Miki —dijo Annie.

Jack buscó en la mochila y sacó el libro de los ninjas.

—Espero que en estas páginas encuentre alguna ayuda —dijo.

Mientras hojeaba el libro, encontró lo que buscaba: el dibujo de un grupo de guerreros escudados con una armadura de caña de bambú. Todos ellos, con espadas en las manos. Jack leyó lo que decía junto al dibujo:

Los samuráis eran feroces guerreros, oriundos de Japón. Todo samurái siempre

llevaba dos espadas para enfrentarse al enemigo.

Annie tocó a su hermano en el hombro. Cuando Jack la miró, Annie señaló en dirección a la montaña.

Una extraña figura se acercaba a ellos demasiado rápido.

La armadura de caña de bambú brillaba con intensidad bajo la luz de la luna, al igual que las dos espadas.

¡Era un guerrero samurái!

8
El puente

Annie y Jack se acurrucaron uno al lado del otro al ver que el guerrero se acercaba. El resto de los samuráis habían alcanzado a su compañero. Los niños estaban rodeados... ¡por los feroces guerreros!

Jack apretó el pecho contra la roca con todas sus fuerzas.

El guerrero dio varios pasos hacia adelante. Primero, miró hacia la derecha y, después, hacia la izquierda.

Jack contuvo la respiración.

—Transfórmate en naturaleza —dijo Annie en voz muy baja.

—¿Cómo? —preguntó Jack.

—Eres naturaleza. Entonces transfórmate en roca —agregó Annie.

"¡Caray!", pensó Jack. "¡Qué locura!"

Cerró los ojos con fuerza. Y trató de transformarse en roca. Tan sólido y estático como ella. Con la misma solidez y la misma firmeza de una roca.

Rápidamente, Jack comenzó a sentirse fuerte como una roca, tan macizo como ella. Quería ser una roca para siempre.

Cric. Se oyó.

—Se fue —dijo Annie—. Se fueron todos.

Jack abrió los ojos. El guerrero samurái ya no estaba allí. Luego, se puso de pie para ver por encima de la roca; las antorchas habían desaparecido.

—Vámonos —comentó Annie.

Jack respiró hondo. Se sentía feliz. Cada momento estaba más cerca de ser un verdadero ninja. Tal vez, hasta un verdadero Maestro ninja.

—¡Vamos! ¡Hacia el este! —exclamó con vigor.

Y partieron en esa dirección. Bajaron por la montaña, por entre las rocas, hasta llegar al extenso arroyo de aguas heladas.

—Jack, no veo la casa del árbol —dijo Annie.

Jack contempló el bosque, más allá del arroyo. La luz de la luna brillaba sobre las pálidas flores de los árboles. Pero, ¿dónde estaba la casa del árbol?

—Yo tampoco veo la casa, Annie. Pero creo que primero tenemos que cruzar el arroyo. Más tarde, la buscaremos.

El agua del arroyo rompía con fuerza contra las rocas.

—*Cric* —dijo el ratón al asomarse al bolsillo de Annie.

—No te asustes, Miki —dijo ella, acariciándole la cabeza—. Haz como nosotros. Trata de ser un verdadero ninja.

—Vamos, Annie.

Jack respiró profundamente y metió los pies en el agua helada, que se arremolinaba entre sus piernas. La fuerza de la corriente lo hizo caer.

Pero logró agarrarse a unas ramas para no ser arrastrado por la pendiente del arroyo. ¡Estaba completamente helado!

—¡Jack! —Annie agarró a su hermano del brazo y lo ayudó a regresar a la orilla.

—¡Casi te arrastra la corriente! —dijo Annie.

Jack sacudió las gotas de agua de sus lentes. Afortunadamente, no se le cayeron al agua.

—¿Estás bien, Jack?

—N-no muy bien —contestó él, temblando como una hoja. Estaba helado hasta los huesos.

—Nunca vamos a poder cruzar —comentó Annie—. Si lo intentáramos, podríamos ahogarnos.

—O podríamos morir con-congelados —agregó Jack, quitándose la capucha. Ahora, ya no se sentía un verdadero ninja.

Annie suspiró resignada. Y también se quitó la capucha.

—¿Qué podemos hacer? —dijo.

Cric.

Miki saltó fuera del bolsillo de Annie y huyó despavorido.

—¡Regresa, Miki! —gritó la niña.

—No, déjalo —agregó Jack—. Tenemos que seguirlo.

—¿Por qué? —preguntó Annie.

—Tenemos que hacer lo que nos dijo el Maestro ninja —agregó Jack—: *"sigue a la naturaleza"*. ¿Lo recuerdas?

—Sí, ¡tienes razón! —dijo Annie—. Debemos seguir a Miki. Pero, ¿dónde habrá ido?

De repente, la luna iluminó al ratón, que corría rápidamente por la hierba a lo largo del arroyo.

—¡Ahí está! —gritó Jack—. ¡Vamos detrás de él!

Annie salió corriendo detrás de su hermano, quien seguía desesperadamente al veloz roedor.

De pronto, cuando llegaron a una parte más angosta del arroyo, los niños vieron una larga rama que, al caerse, había unido las dos orillas.

El ratón corrió por la rama.

—¡Mira! ¡Miki está cruzando por un puente! —agregó Annie, que ya se disponía a seguir al ratón.

—¡Espera! —gritó Jack—. ¡No podemos caminar sobre esa rama! ¡Es demasiado fina! ¡Se va a romper!

9

Camina como
un ratón

Cuando llegó al otro lado del arroyo, el ratón desapareció entre la hierba.

Annie y Jack se quedaron mirando la rama.

—Tenemos que intentarlo —sugirió Annie—. Se supone que debemos seguir a la naturaleza, ¿no es así?

—Olvídalo, Annie. La rama es muy fina, se rompería en un segundo.

—Tal vez, si imagináramos que somos unos ratones, podríamos lograrlo —explicó Annie.

—¡Vaya! —exclamó Jack—. Otra vez, no.

—Si pudiste ser una roca, podrás ser un ratón —agregó Annie—. Sólo trata de ser pequeño, veloz y liviano.

Jack respiró hondo.

—Tenemos que lograrlo —insistió Annie.

—De acuerdo —contestó Jack.

—Vamos, di "cric, cric".

—¡Estás loca, Annie!

—Vamos, Jack. ¡Hazlo! Te ayudará a sentirte como un ratón.

—Está bien —contestó él—. Cric, cric.

—¡Cric! —exclamó Annie.

—Cric, cric —repitieron a dúo.

—¡Vamos! ¡Rápido! —dijo Annie.

Jack puso un pie sobre la rama.

"Soy pequeño. Soy veloz. Soy liviano", pensó. Y corrió velozmente por la rama.

Se desplazó tan rápido como una flecha. En su mente había un sólo pensamiento: llegar al otro extremo de la rama.

Por unos instantes, Jack dejó de pensar en el agua helada del arroyo y en la pequeñez de la rama.

Y, en unos pocos segundos, llegó al otro extremo. Annie avanzaba detrás de él.

Felices por la hazaña, ambos se desplomaron sobre la hierba, riendo como dos locos.

—¿Ves? ¿Te das cuenta, Jack? ¡La rama no se rompió!

—Creo que, en realidad, la rama era bastante grande —contestó él—. Pero, igual creo que lo hicimos muy bien.

—Lo hicimos a la manera de Miki —agregó Annie.

—Sí —respondió Jack sonriendo. Se sentía inmensamente feliz.

Todavía estaba empapado, pero no le importaba demasiado.

Luego, se acomodó los lentes y se puso de pie.

—Bueno, ahora tenemos que encontrar la casa del árbol —dijo.

—No, ya no tendremos que buscarla. Mira... —agregó Annie señalando hacia arriba.

De pronto, la luz de la luna iluminó el contorno de la casa del árbol, rodeada de flores blancas, enmarcada por el cielo nocturno.

En ese instante, en la distancia, se oyeron voces. Jack vio las pequeñas bolas de fuego.

—Los samuráis vuelven otra vez —dijo—. Tenemos que irnos.

—¿Dónde está Miki? —preguntó Annie—. No podemos irnos sin Miki.

—No tenemos otra opción, Annie.

Las voces de los samuráis estaban cada vez más cerca, al igual que las antorchas.

—Vamos —dijo Jack. Tomó a su hermana del brazo y la llevó al pie de la escalera.

—Oh, Jack —dijo Annie muy triste.

—¡Vamos! ¡Vamos! —repitió Jack.

Annie comenzó a subir los escalones.

Jack subía detrás de ella. También, al igual que su hermana, estaba muy triste. Se había encariñado mucho con el pequeño ratón.

Justo antes de entrar en la casa, Jack oyó un sonido muy familiar.

Cric.

—¡Vaya! —exclamó Annie en voz alta—. ¡Miki está dentro de la casa!

Y entró de un salto para encontrarse con Miki. Jack entró detrás de Annie.

En ese instante, sintió que el corazón se le salía del pecho.

Dentro de la casa había alguien más.

Una oscura silueta estaba sentada en un rincón.

—Los felicito, lo han hecho muy bien —dijo la silueta.

Era el Maestro ninja.

—Veo que han seguido el camino del ninja —comentó el Maestro.

—¡Caray! —exclamó Jack con la voz entrecortada.

Cric.

El Maestro ninja sostenía al pequeño ratón entre sus manos.

—Procuren cuidar mucho a su pequeño guardián —agregó él, acercando a Miki a las manos de Annie, que lo agarró con ternura y le besó la cabeza.

—Y toma esto —le dijo a Jack.

Y le entregó una piedra redonda y pequeña.

—Esta piedra de mármol los ayudará a encontrar a su amiga.

Jack contempló la piedra. ¿Sería ésta una de las cuatro cosas?

—Ahora, deben regresar a su casa —dijo el sabio Maestro.

Tomó el libro de Pensilvania y se lo dio a Annie.

—¿Dónde lo encontró? —preguntó Jack.

—Aquí —respondió el Maestro—. Ustedes no lo vieron antes porque sus corazones sabían que, primero, tenían que cumplir una misión.

—¿Y usted? ¿No puede venir con nosotros? —preguntó Annie.

—Sí —dijo Jack—. Necesitamos que alguien nos ayude a encontrar a Morgana.

El Maestro ninja, con una sonrisa, dijo:

—No, amigos. Yo debo quedarme aquí. A lo largo del camino, encontrarán más ayuda. Pero, primero, deben hallar el camino por su propia cuenta.

Annie abrió el libro y encontró el dibujo de Frog Creek. Apoyó el dedo sobre la hoja y dijo: "Queremos ir a este lugar".

El viento comenzó a soplar.

Las flores blancas empezaron a sacudirse. Las nubes cubrieron la luna.

—Cultiven la bondad en el corazón —comentó el Maestro—. Nunca lo olviden.

Bajó rápidamente por la escalera, luego, desapareció en la oscuridad.

—¡Espere! —gritó Jack. Tenía muchas preguntas que hacerle al Maestro: acerca de la naturaleza, de los ninjas y de la misión que Jack y su hermana debían cumplir.

La casa del árbol comenzó a girar. Más y más fuerte cada vez.

Jack apretó la pequeña piedra en sus manos. Y cerró los ojos.

Después, todo quedó en silencio. Un silencio absoluto.

10
Buenas noches, Miki

Jack abrió los ojos.

Luego, abrió la palma de la mano y observó la piedra de mármol. Era tan limpia y suave que parecía brillar.

—Estamos en casa, Jack.

Cric.

Annie y el ratón estaban asomados a la ventana.

Jack se acercó a ellos.

A lo lejos, el sol había comenzado a ponerse.

El tiempo no había transcurrido en Frog Creek.

De repente, los niños oyeron los ladridos de Henry, el perro del vecino. También se oía el chirriar de los grillos.

A varios pies de distancia, podían ver a su padre, parado a la entrada de la casa.

—¡Jaaack! ¡Annieee!

Era la hora de la cena.

—¡Ya vamos, papá! —respondió Annie, en voz alta.

Jack se sentó en el suelo y volvió a contemplar la piedra.

—Creo que ya tenemos una de las cuatro cosas —dijo Jack.

—Mañana buscaremos las tres cosas que faltan —sugirió Annie.

Jack asintió con la cabeza. Aún tenían mucho por hacer. Luego, guardó la piedra en el bolsillo. Y tomó la mochila.

—¿Estás lista, Annie?

—Espera —dijo. Se quitó una zapatilla y la media y, después, se volvió a colocar la zapatilla.

—¿Qué haces? —preguntó Jack.

—Es para que Miki pueda dormir mejor —agregó Annie.

—¿Cómo?

—Voy a poner a Miki en mi media para que pueda dormir.

—Buenas noches, Miki —dijo Annie.

Cric.

—¡Lo que faltaba! —exclamó Jack.

Annie acercó el ratón a su hermano.

—Dale un beso de buenas noches, Jack.

—No seas tonta, Annie. ¡Anda, vámonos!

—Gracias por ayudarnos, Miki —dijo ella.

Y, con suavidad, lo puso sobre la letra "M". Luego, sacó el mensaje de Morgana del bolsillo y lo dejó junto al ratón.

—Nos veremos mañana, Miki —dijo Annie. Y bajó por la escalera.

Jack observó al ratón. El pequeño también lo miró.

Por un momento, los ojos oscuros del roedor reflejaron una sabiduría milenaria.

—¡Vamos! —dijo Annie.

Jack besó la cabeza diminuta del ratón.

—Buenas noches, Miki —dijo en voz muy baja. Y bajó por la escalera.

Cuando Jack tocó el suelo, ya había oscurecido por completo.

—¿Dónde estás, Annie?

—Aquí estoy, Jack —dijo ella extendiendo el brazo. Jack tomó de la mano a su hermana.

—Ten cuidado, Annie.

—Tú también, Jack.

Y, juntos, se marcharon por el bosque frío y oscuro.

Corrían veloces y en silencio, como dos guerreros ninjas de regreso al hogar.

¿Quieres saber adónde puedes viajar en la casa del árbol?

La casa del árbol, #1
Dinosaurios al atardecer
Jack y Annie descubren una casa en un árbol
y al entrar viajan a la época de los dinosaurios.

La casa del árbol, #2
El caballero del alba
Annie y Jack viajan a la época de
los caballeros medievales y exploran
un castillo con un pasadizo secreto.

La casa del árbol, #3
Una momia al amanecer
Jack y Annie viajan al antiguo Egipto y se
pierden dentro de una pirámide al tratar de
ayudar al fantasma de una reina.

La casa del árbol, #4
Piratas después del mediodía
Annie y Jack viajan al pasado y se
encuentran con un grupo de piratas
muy hostiles que buscan un
tesoro enterrado.

Mary Pope Osborne ha recibido muchos premios por sus libros, que suman más de cuarenta. Mary Pope Osborne vive con Will, su esposo, en la ciudad de Nueva York, y con su perro Bailey, un norfolk terrier. También tiene una cabaña en Pensilvania.